Restaurants
architecture & interiors

餐厅
建筑和室内设计

LOFT Publications

陕西师范大学出版社

ZITO 迷你建筑设计丛书

　　这套丛书对近期出现的优秀建筑作品作了一次全面的总结。它将现代流行的商用及居住空间分为10个大类，在结合各类空间特性的基础上，对每一设计详加评述和分析。该丛书不仅涉猎甚广，更真实反映了国际流行的设计思潮，展现了最具诱惑力的设计语言。

1. 休闲场所－建筑和室内设计
2. 酒吧－建筑和室内设计
3. 餐厅－建筑和室内设计
4. 咖啡厅－建筑和室内设计
5. 住宅设计
6. 阁楼
7. 极简主义建筑
8. 办公室
9. 水滨别墅
10. 小型住宅

Restaurants

architecture
& interiors

餐厅
建筑和室内设计

⁝ 海啸餐厅 / Tsunami

➡ 拉斯维加斯是一个特点鲜明的城市。摩弗西斯事务所——当今最负盛名的建筑设计单位之一，在设计海啸餐厅时，时刻牢记着拉斯维加斯的城市特征，他们在品味该城特点的基础上又对它进行了重新的诠释，那就是以不同规则投入到拉斯维加斯城的游戏之中。海啸餐厅的设计显现出浓郁的亚洲风情，着重于装饰格调和高雅特色的营造。该设计着意寻找二维图象与三维空间之间的无形平衡，其根本目的是重新阐释餐厅的整体风格。

➡ **设计：** 摩弗西斯事务所
Morphosis

➡ **摄影：** ©法希德·阿萨斯
Farshid Assassi

➡ **地点：** 美国 拉斯维加斯

通过对一种历史性手法的重复运用，建筑师创造出一个真实的创意空间，流动着过去与现在的时代气息。

∴ 光环餐厅/Aureole

➡ 任何走进光环餐厅大门的游人，都会立刻被一座壮观的玻璃塔所吸引。它高约15.5米，与4层楼房的高度相当，其中整齐地陈列着餐厅里的各种美酒，这种别出心裁的陈列方法着实令光环餐厅的顾客着迷，建筑师亚当·蒂赫尼受电影《碟中谍》中汤姆·克鲁斯由天花板从天而降的场景启发，在酒窖上方设计这样一座新颖的玻璃酒塔，当客人要酒时，侍者会以灵活的机械滑轮装置取下酒瓶，由于蒂赫尼的设计思想既实用，又颇具戏剧性，因此，光环餐厅很快就成为拉斯维加斯最受欢迎的餐厅之一。

➡ 设计：亚当·蒂赫尼　　　　　　➡ 摄影：© 马克·巴罗格
　　　Adam Tihany　　　　　　　　　　Mark Ballogg

➡ 地点：美国 拉斯维加斯

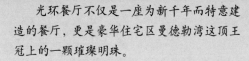

光环餐厅不仅是一座为新千年而特意建造的餐厅，更是豪华住宅区曼德勒湾这顶王冠上的一颗璀璨明珠。

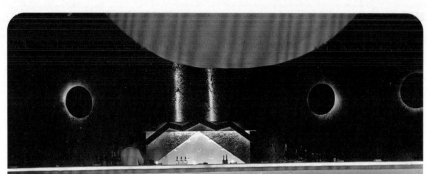

⁝ 珍珠餐厅/Pearl

➲ 　五光十色的珍珠餐厅位于迈阿密南海滩的中心区域。它不仅仅是一个餐厅，也是当地的繁华生活以及时尚和设计的美学标准。它将酒吧和餐厅的功能集于一身，而且专营香槟酒。设计师成功地运用有限的材料以及精巧的照明系统，营造了高雅时髦的氛围，使空间内充盈着明媚的色彩。这项工程要营造一个休闲的氛围，并带给顾客参预其中的感觉。

➲ **设计:** 斯蒂芬·杜珀　　　　　　　　➲ **摄影:** ©派帕·伊斯考达
　　　　Stephan Dupoux　　　　　　　　　　　　　Pep Escoda

➲ **地点:** 美国 迈阿密 伊斯特多斯 尤内多斯
　　　　Miami, Estados Unidos

　　　　餐厅以和谐而大胆的照明为主，使室内氛围融为一个整体。

⫶ 酒吧餐厅/Bar og Restaurant

➔ 酒吧餐厅位于一座建于20世纪20年代的新古典主义建筑之中。它原本是一家饭店的大厅, 后来改成一间食品商店。1997年, 建筑师在这里进行全面性的改建, 建成现在的酒吧餐厅, 它是一个新的挑战, 将欧陆风情与现代潮流结合在一起, 建筑师寻求设立一种无限的空间感, 以现代语言表现私密的氛围, 一层原来的通道被更换成一些大型玻璃窗, 清晰地划出室内空间与街道的分界。

➔ 设计: 克里斯汀·贾姆德, 艾纳·森德巴克   ➔ 摄影: ©吉利·哈弗兰
Kristin Jarmund, Einar Sandbaek   Jiri Havran

➔ 地点: 挪威 奥斯陆 纳鲁加
Oslo Neruega

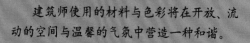

建筑师使用的材料与色彩将在开放、流动的空间与温馨的气氛中营造一种和谐。

⁞ 工业餐厅 / L'Industrial

➡ 该餐厅处在一个工业区内，因此工业区对于酒吧和餐厅的需求成为这项设计的基本出发点，餐厅周围是一系列混乱无序的建筑物，建筑师必须将这些环境因素有序地调和起来，创造一个远离喧嚣的宁静场所。餐厅的室内设计在寻求工业化与娱乐性之间的协调。这个愉快、宽敞的餐厅吸引了附近大量工人前来就餐，工业餐厅的设计与周围环境相当和谐，室内各种元素的布局都是该空间的特点决定的。

➡ **设计：** 安东尼·布拉蒙、路易斯·斯特佳、基萨斯·巴索斯　　➡ **摄影：** © 尤金妮·庞斯
　　　　Antoni Bramon, Lluís Sitjà, Jesús Bassols　　　　　　Eugeni Pons

➡ **地点：** 西班牙 赫罗纳
　　　　Girona

该餐厅为长方形布局，比例宽大，天棚高耸，在一侧还设置了一扇浏览景色的大玻璃窗。

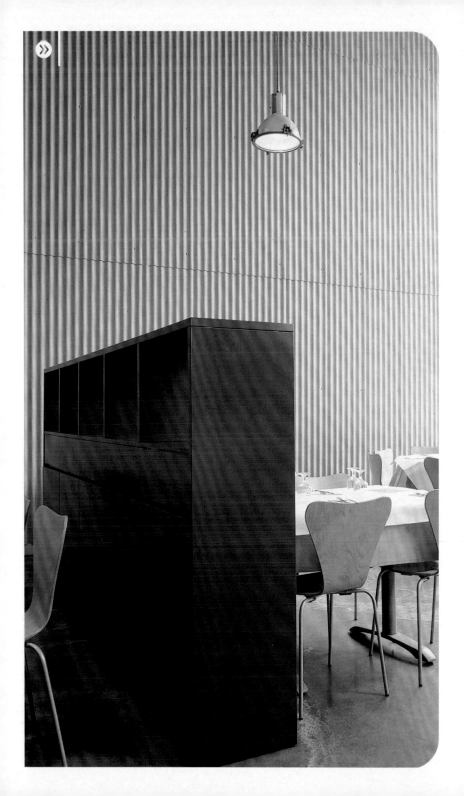

⁝ 斯玛拉达海岸俱乐部/Costa Smeralda

➡ 斯玛拉达俱乐部始建于1977年，总面积为23.3公顷，设有各种休息室和套房。俱乐部整体体现了强烈的海滨格调，同时，由于其得天独厚的位置，游人在这里能将撒丁岛度假胜地切尔沃港的迷人景观尽收眼底。建筑师彼得·马利诺的改建方案着眼于创造具有独特个性的空间，为此他运用了种种新颖、优雅的设计语言。俱乐部共设有9个私人套间、8个休息室、1个咖啡厅（酒吧）、1个餐厅、1个公共露台以及建筑外侧的人行道。室内的地板、柱子和天花板全部由樱桃木制成。

➡ **设计**：彼得·马利诺
Peter Marino

➡ **摄影**：©安德里亚·布利兹
Andrea Brizzi

➡ **地点**：意大利 撒丁岛
Sardinia

室内设计仍然保留原建筑的海滨风情，
并尽可能利用俱乐部周边的美妙风景。

∴ 树酒吧/Bar Shu

➔ 意大利建筑师费比欧·诺文波设计了这座以戏剧化和折衷思想为主要特色的工程。树酒吧的室内设计既具诗意，又表现出丰富的想象空间，该设计融合了多种时尚潮流，从前卫设计到受东方影响的清冷格调，从而使那些到米兰参观这座时尚酒吧的游人无不浮想联翩、欣喜不已。酒吧325平方米的面积上分布着不同的功能区域，可举办各种活动而互不干扰。诺文波的杰出设计使这家酒吧成为永不止息的狂欢喧闹之地。

➔ **设计**：费比欧·诺文波　　　　　➔ **摄影**：©阿尔博托·弗莱罗
　　　　　Fabio Novembre　　　　　　　　　Alberto Ferrero

➔ **地点**：意大利 米兰

一端系在墙上的黑色粗天鹅绒幕布将餐厅从酒吧中分离出来，在这里巴洛克式的戏剧氛围取代了酒吧内的未来之风。

⠿ 乔治餐厅 /Georges

➔ 巴黎的乔治—蓬皮杜中心的综合改建工程中包括这样一项任务：在第六楼层新设一间餐厅。它不仅要满足这类空间所需要的各种要求，还要面向外部空间开放。设计师所面临的挑战，是如何设计出与蓬皮杜中心独特的艺术氛围和现代文化背景相呼应的室内空间。以此为出发点，他们设计了一个从现有结构中脱胎而出的新型空间，同时尽量降低它对原建筑的干扰。室内的地板，最终成为设计师建立协调空间的最基本元素。

➔ **设计**：贾克布与迈克法伦建筑工作室   ➔ **摄影**：© 尼古拉斯·包利尔
Jakob & McFarlane   Nicolas Borel

➔ **地点**：法国 巴黎

该楼层经设计后，略高于一系列的奇异空间。这些空间以其隐密性和迷彩纹理在室内外营造出一个全新的景观。

⁝ 吕代斯餐厅 /Lutèce

➔ 吕代斯餐厅位于拉斯维加斯娱乐区的中心地带，该设计将所有迷人因素融为一体，同时也考虑到餐厅附近喧哗的环境。建筑师渴望创造一片绿洲，使人们免于陷入该城市千篇一律、令人感到疯狂的就餐环境之中。受爱丽丝漫游仙境的故事启发，建筑师也设计了一扇类似的小门。通过这扇门，顾客就走进一个由漂亮的玻璃墙隔开的、远离尘嚣的宁静所在。克斯诺牌式的复杂性在这里是不被禁止的，恰恰相反，设计师换一个角度来解释，在餐厅与顾客之间建立了一种新的联系。

➔ **设计:** 摩弗西斯建筑事务所　　　➔ **摄影:** ©法希德·阿萨斯
　　　 Morphosis　　　　　　　　　　　　Farshid Assassi

➔ **地点:** 美国 拉斯维加斯

餐厅的设计灵感来自一些古典沙龙（餐厅）的元素，同时参照了拉斯维加斯赌场的喧嚣状态。

∴ 恰当餐厅 /Shi Bui

➡ 建筑师将设计一座具有简朴情调的现代日本餐厅，其指导思想是尽量避免那些在日本传统餐厅中被用滥的元素，依据亚洲观念设计一个精巧而舒适的用餐环境。餐厅分为两层，连接着一个庭院，每一楼层的层高非常低。其中较低的楼层位于街道的坡底，接受不到自然光的照射，为了达到设计要求，建筑师们分析了空间结构，根据材料的纹理、统一的色调以及照明控制这3个条件建立了设计方案。

➡ 设计：苏珊娜·欧卡纳　　　　　➡ 摄影：© 尤金妮·庞斯
　　　　Susana Ocaña　　　　　　　　　　Eugeni Pons

➡ 地点：西班牙 巴塞罗那

作为餐厅设计的一个参照点，建筑师特别留意了餐厅名称的字面翻译——它可以解释为"知道何时停止"。

美术博物馆附属餐厅/Museo de Bellas Artes

作为美术博物馆自助餐厅的附属成分，这座餐厅的诞生受到各种思想的影响，被视为一个表现艺术设计世界的场所，建筑师乔治·珀拉尔塔·乌尔奎扎和他的合作伙伴菲拉里和玛瑟拉蒂是该项目的负责人。自助餐厅内展示着皮尼法里纳公司生产的一辆工艺汽车，建筑家菲利普·约翰逊曾经在纽约的摩玛近代美术馆 (MOMA) 中运用了这一创意，将一辆哈利－戴维逊摩托车和一辆法拉利汽车作为展品陈列。该餐厅两侧分别坐落着于两座精品建筑，一座是多利亚式的神庙建筑——法学学院，另一座则是收藏博物馆藏品的古典风格建筑。

设计：乔治·珀拉尔塔·乌尔奎扎
Jorge Peralta Urquiza

摄影：© 菲利克斯·陈
Felix Chan

地点：阿根廷 布宜诺斯艾利斯

室内设计以材料、色彩和照明抵消了该空间内规则排列的柱子的僵硬线条。

∴ 啤酒餐厅/The Brasserie

➡ 啤酒餐厅是西格拉姆大厦内的一座神话般的餐厅。蒂勒和斯考菲迪欧工作室负责该餐厅的改建任务，由于西格拉姆大厦在建筑界现代化运动中的突出地位，这项工作对工作室来说，既是它的荣誉，更是一项挑战，建筑师拆除了多年前由菲力普·约翰逊设计的室内装饰，在水泥表面上覆盖了木材、陶瓷、大理石、玻璃等新材料，"第二次皮肤"被赋予了特别的意义，新材料在结构上或功能上担负着一些特殊作用。

➡ **设计**：蒂勒和斯考菲迪欧建筑工作室，查尔斯·林弗罗，迪恩·辛普森
Diller & Scofidio, Charles Renfro, Deane Simpson

➡ **摄影**：© 迈克尔·莫兰　　　　➡ **地点**：美国 纽约
Michael Moran

建筑师保留了从街道通往餐厅的坡道，以表示他们对原啤酒餐厅的敬意，同时在坡道上加设了一座漂亮的玻璃楼梯。

辛寿司餐厅/Kosushi Restaurant

➡ 该餐厅坐落在一座3层小楼之中，有限的空间条件决定了设计时必须精心对待。建筑师试图建造一个外部可以看到的混凝土方盒。该设计运用的元素寥寥无几，但造成的效果却相当强烈，通过不同材料的组合，该餐厅与日本传统审美观以及现代前卫的设计语言联系起来。建筑家通过各个区域的分配，强调了餐厅的主要特点。服务区集中设在一侧，与就餐区的通道相连，强调餐厅纵向的空间感。

➡ 设计：阿瑟·马托斯·卡萨斯
Arthur de Mattos Casas

➡ 摄影：© 图卡·勒奈斯
Tuca Reinés

➡ 地点：巴西 圣保罗 阿瑟 拉莫斯
Rua Arthur Ramos, Sáo Paulo

地板与墙壁贴面的质地、家具的摆设确立了该餐厅的整体氛围。

⋮ 日式餐厅/El Japonés

➲ 餐厅设计的基本思想来自于位于该餐厅前方、由同样两位建筑师设计的小饭店。两位建筑师的初衷是通过餐厅的建造，向西方世界诠释东方美学。这座日式餐厅回避了日本餐厅的传统特点，从个人的角度解释日本文化。日本的电影、纪录片、艺术品以及现代建筑都对该设计形成影响。餐厅的正立面影射着彼得·格林威导演的电影《枕边禁书》，高耸的翠竹种在漂亮的花盆之中，摆放在餐厅正门周围。

➲ **设计：** 桑德拉·特鲁埃拉，伊莎贝尔·洛佩兹
　　Sandra Teruella & Isabel López

➲ **摄影：** © 尤金妮·庞斯
　　Eugeni Pons

➲ **地点：** 西班牙 巴塞罗那

建筑师以生动的设计语言表现了各种装饰材料，以西方的角度演绎了日本现代审美文化。

ZITO 双子座丛书

这套"双子座"建筑艺术丛书极其注重内容上的对比性,揭示了艺术领域中许多对立而又相互依托的有趣现象。它既讨论了建筑界各种设计风格之间的比较,也分析了建筑界与跨领域学科之间的联系与对比。它们全新的视角尤其值得注意,在著名建筑师与画家之间展开了别开生面的比较,以3个部分进行阐述,建筑师和画家各自生平简介以及主要作品的赏析各占一个部分,第三个部分则是对两位艺术家所创作的艺术形象及其艺术理念的比较。每册定价38元。

极繁主义建筑设计

极简主义建筑设计

瓦格纳与克里姆特

赖特与欧姬芙

米罗与塞尔特

达利与高迪

里特维尔德与蒙特利安

格罗皮乌斯与凯利